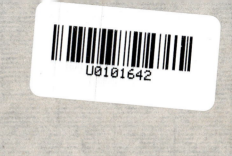

(南朝·梁)劉勰 著

(明)王惟儉 訓

文心雕龍

廣陵書社

圖書在版編目(CIP)數據

文心雕龍訓故/(南朝 梁)劉勰著.(明)王惟儉訓.
揚州:廣陵書社,2004.10
ISBN 7-80694-088-X

Ⅰ.文... Ⅱ.①劉...②王... Ⅲ.文心雕龍—研究
Ⅳ.I206.2

中國版本圖書館CIP數據核字(2004)第104514號

文心雕龍訓故

作者 (南朝 梁)劉勰 著 (明)王惟儉 訓
責任編輯 陸文彬
出版發行 廣陵書社
社址 揚州市鳳凰橋街24—6號
郵編 二二五〇〇二
電話 〇五一四—七三四三四二七
印刷 揚州廣陵古籍刻印社
版次 二〇〇四年十月第一版第一次印刷
標準書號 ISBN 7-80694-088-X/I·22
定價 玖佰捌拾圓

ISBN 7-80694-088-X
9 787806 940884 >

合刻訓註文心雕龍史通序

二劉訓故者梁劉彥和唐劉子玄所著書而損仲王君爲之訓也今操觚之士皆雅言三代挈騷雅而跨秦漢至於晉魏下逮六朝視猶隸也損仲奚取於二書而訓之風以世移文繇風變即在三代之世忠質文且遞相代而不相襲也何論輓近賦情殊軌摛辭分途漸斲樸而爲雕

遂極妍而盡態彥和仕於梁天監中撰文心雕龍五十篇文采翩翩博綜羣籍蒐諸彥之菁華程藝品於掌上月露煙雲體極藻繢點綴宏麗評隲精嚴錐稱晉魏之濫觴寔亦宗工之能品子玄才擅三長善持議論三爲史臣再入東觀與時齟齬美志未酬退而網羅古今著史通若干卷上窮王道下掞人倫總括

合陽文史 今

二

萬殊包吞千有予奪諷刺取裁
於獨斷其所發明論著斯亦勤
矣至其稱引汲冢諸書間有奇
衺不無稍詭於正經乃鋪張故
實鞶繡絕工考信稽疑亦後事
之資也彥和品藻諸體語極匠
心子玄雌黄百代世稱良史屬
辭則芳程具在指事則文獻可
徵珠聯辭貫並稱奇書第韞籍
弘博詞旨玄奧語非空設字必

典訓其其所考據無事不該其所
取材無書不備辭併靈光之麗
富擬武庫之藏承學曲士讀之
不啻星漢之難窺滄海之難測
也更以傳寫失眞訛誤相承讀

未竟篇扞格易勌楨仲慕古好
奇於學無所不窺讀是二書有
味乎其言繙閱羣籍注爲訓箋
參互諸刻正其差謬疑則乙其
處以竢考訂浹歲而書成刻以

傳焉或謂秦漢以上其氣渾樸其文古質學士家莫不尸而祝之損仲何遺彼而取此嗜味者取饜於山珍海錯兢華者侈美於狐白雉頭膏粱布帛非不貴也飫異品而炫綺服亦好奇者之一班耳損仲固自奇士其所表章亦從其所好以見奇茲二劉訓故所繇刻也微損仲二子之書無以標示來世微二子亦

無能一當於損仲建二子之書既傳損仲亦流文采於世而剖名於不朽損仲富於春穠好學弗厭語妙天下識窺千古當揚搉六藝折衷正史成一家之言

以昭示來禩是刻也何足以盡損仲損仲其有意乎

萬曆辛亥四月之吉祥符張同德昭甫氏題

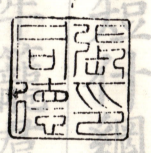

文心雕龍訓故序

夫文章之道蓋兩曜之麗天綴文之術則六轡之入握不禀先民之矩妄意絶麗之文縱有駿才將逸足之泛駕豈無博學終

文心雕龍訓故序

夫文章之道葢兩曜之麗天綴文之術則六轡之入握不禀先民之矩妄意絶麗之文縱有駿才將逸足之泛駕豈無博學綜

愚賈之掾金此彦和文心雕龍之所繇作也爾其自詔敕之弘筆建箋記之細文繇碑賦之巨篇暨箴贊之短什綱羅千龝鑽神思於奥窔牢籠羣彦程品格

文心雕龍

文心雕龍講疏

於錙銖篇體精嚴骨氣爽繁觀
其序志之篇薄典論爲不周嗤
文賦爲煩碎知自待之不輕審
斯語之不謬矣固宜昭明之鑒
裁深被愛接隱侯之名勝時置

几案者也惟是引證之奇等絳
老之甲子兼之字畫之誤甚晉
史之已亥爰因誦校頗事箋釋
庶暢厥旨用啓童蒙余友覆斯
書聿考本傳每惟彥和晚節皤

其鬢髮變名慧地是雖靈均之上客實如來之高足也乃篇什所及僅般若之一語援引雖博罔祇陀之雜言豈普遍之津梁雖足移人而洙泗之畔岸終難踰越者乎且其持論深刻摛詞藻繪凡所撰著必將含屈吐宋陵顏蹈謝爲者而新論一書類儒士之書抄多老生之常譚何也匪知之難惟行之難士衡言

之矣

萬曆己酉夏日王惟儉序

文心雕龍訓故

南史劉勰傳

劉勰字彥和東莞莒人也父尚越騎校尉勰早孤篤志好學家貧不婚娶依沙門僧祐居遂博通經論因區別部類録而序之定林寺經藏勰所定也梁天監中兼東宫通事舍人時七廟饗薦已用蔬果而二郊農社猶有犧牲勰乃表言二郊宜與七廟同改詔付尚書議依勰所陳遷步兵校尉兼舍人如故深被昭明太子愛接初勰撰文心雕龍五十篇論古今文體其序畧云予齒在逾立嘗夜夢執丹漆之禮器隨仲尼而南行寤而喜曰大哉聖人之難見也迺小子之垂夢歟自生靈以來未有如夫子者也敷讚聖旨莫若注經而馬鄭諸儒弘之已精就有深解未足立家唯文章之用寔經典枝條五禮資之以成六典因之致用於是搦筆和墨乃始論文其爲文用四十九篇而已既成未爲時流所稱勰欲取定于沈約無由自達乃負書候約于車

前狀若貨鬻者約取讀大重之謂深得文理常陳諸几案勰爲文長于佛理都下寺塔及名僧碑志必請勰製文敕與慧震沙門於定林寺撰經證功畢遂求出家先燔鬢髮自誓敕許之乃變服改名慧地云

凡例

一是書之注第討求故實卽有興語偉字如鳥跡魚網之隱玄駒丹鳥之奇旣讀斯書未應河漢姑不置論

一故實雖煩以至舜禹周孔之聖游夏僑肸之賢世所共曉無勞訓什

一古稱善注六經之外無如裴松之之注三國志劉孝標之注世說然裴注發遺事于本史之外劉注廣異聞于原說之餘故理

欲該贍詞競煩縟若此書世更九代詞人罔遺而人詳其事事詳其篇則殺青難竟摘鉛益勞故人止字里之槩文止篇什之要勢難備也

一諸篇之中或一人而再見或一事而累出止於首見注之其或人雖已及而事非前注者方再爲訓什

一此書卷分上下篇什相等而上卷訓釋視下倍之以上卷詳諸文之體事溢于詞下

卷詳撰述之規詞溢于事故訓有煩簡非
意有初終也
一訓釋總居每篇之末則原文便于讀誦至
于直載引證之書而不復更題原文者省
詞也
是書凡借數本凡校九百一字標疑七十
四處其標疑者卽壘□本字以俟善本未
敢臆改

凡例畢

文心雕龍訓故目錄

文心雕龍訓故目錄

卷之一

原道第一　徵聖第二

宗經第三　正緯第四

辨騷第五

卷之二

明詩第六　樂府第七

詮賦第八　頌讚第九

祝盟第十

卷之三

銘箴第十一　誄碑第十二

哀弔第十三　雜文第十四

諧讔第十五

卷之四

史傳第十六　諸子第十七

論說第十八　詔策第十九

檄移第二十

卷之五

文心雕龍訓故目錄終

文心雕龍訓故卷之一

明河南王惟儉訓

原道第一

文之爲德也大矣與天地並生者何哉夫玄黃色雜方圓體分日月疊璧以垂麗天之象山川煥綺以鋪理地之形此蓋道之文也仰觀吐曜俯察含章高卑定位故兩儀既生矣惟人參之性靈所鍾是謂三才爲五行之秀人實天地之心生心生而言立言立而文明自然之道也傍及萬品動植皆文龍鳳以藻繪呈瑞虎豹以炳蔚凝姿雲霞雕色有踰畫工之妙草木賁華無待錦匠之奇夫豈外飾蓋自然耳至於林籟結響調如竽瑟泉石激韻和若球鍠故形立則章成矣聲發則文生矣夫以無識之物鬱然有彩有心之器其無文歟人文之元肇自太極幽讚神明易象惟先庖犧畫其始仲尼翼其終而乾坤兩位獨制文言言之文也天地之心哉若迺河圖孕乎八卦洛書韞乎九疇玉版金鏤之實

丹文緑牒之華誰其尸之亦神理而已自鳥迹
代繩文字始炳炎皡遺事紀在三墳而年世渺
邈聲采靡追唐虞文章則煥乎始盛元首載歌
既發吟詠之志益稷陳謨亦垂敷奏之風夏后
氏興業峻鴻績九序惟歌勳德彌縟逮及商周
文勝其質雅頌所被英華日新文王患憂繇辭
炳曜符采複隱精義堅深重以公旦多林振其
徽烈剬詩緝頌斧藻羣言至夫子繼聖獨秀前
哲鎔鈞六經必金聲而玉振雕琢情性組織辭

令木鐸啟而千里應席珍流而萬世響寫天地
之輝光曉生民之耳目矣爰自風姓暨于孔氏
玄聖創典素王述訓莫不原道心裁文章研神
理而設教取象乎河洛問數乎蓍龜觀天文以
極變察人文以成化然後能經緯區宇彌綸彝
憲發揮事業彪炳辭義故知道沿聖以垂文聖
因文而明道旁通而無涯日用而不匱易曰鼓
天下之動存乎辭辭之所以能鼓天下者迺道
之文也

贊曰

道心惟微神理設教光采玄聖炳燿仁孝龍圖
獻體龜書呈貌天文斯觀民胥以傚　校一字

易正義伏羲氏有天下龍馬負圖以出於河
遂法之畫八卦

易傳夏商之末易道中微文王拘於羑里係
以彖辭易道復興

漢書孔子爲彖象繫辭文言之屬

書天乃錫禹洪範九疇傳天與禹洛出書神
龜負文而列於背數自一至於九禹遂因而
第之以成九疇

書皐陶乃賡載歌曰元首明哉股肱良哉庶
事康哉

書大禹謨水火金木土穀惟修正德利用厚
生惟和九功惟叙九叙惟歌

書周公居東二年乃爲詩以貽王名之曰鴟
鴞王亦未敢誚公

國語周文公之爲頌曰思文后稷克配彼天

史記伏羲氏以風爲姓

徵聖第二

夫作者曰聖述者曰明陶鑄性情功在上哲夫子文章可得而聞則聖人之情見乎文辭矣先王聖化布在方冊夫子風采溢于格言是以遠稱唐世則煥乎爲盛近褒周代則郁哉可從此政化貴文之徵也鄭伯入陳以立辭爲功宋置折俎以多文舉禮此事蹟貴文之徵也褒美子產則云言以足志文以足言泛論君子則云情欲信辭欲巧此脩身貴文之徵也然則志足而

言文情信而辭巧迺含章之玉牒秉文之金科矣夫鑒周日月妙極機神文成規矩思合符契或簡言以達旨或博文以該情或明理以立體或隱義以藏用故春秋一字以褒貶喪服舉輕以包重此簡言以達旨也邠詩聯章以積句儒行縟說以繁辭此博文以該情也書契斷決以象夬文章昭晳以象離此明理以立體也四象精義以曲隱五例微辭以婉晦此隱義以藏用也故知繁略殊形隱顯異術抑引隨時變通會

適徵之周孔則文有師矣是以□政論文必徵於聖必宗於經易稱辨物正言斷辭則備書云辭尚體要弗惟好異故知正言所以立辯體要所以成辭辭成無好異之尤辯立有斷辭之義雖精義曲隱無傷其正言微辭婉晦不害其體要體要與微辭偕通正言共精義並用聖人之文章亦可見也顏闔以爲仲尼飾羽而畫徒事華辭雖欲此言聖弗可得已然則聖文之雅麗固銜華而佩實者也天道難聞猶或鑽仰文章可見胡寧勿思若徵聖立言則文其庶矣

贊曰

妙極生知睿哲惟宰精理爲文秀氣成采鑒懸日月辭富山海百齡影徂千載心在　校一字

春秋左傳鄭伐陳子產獻捷于晉晉人問陳之罪對曰陳忘周之大德介恃楚衆以憑陵我敝邑天誘其衷啟敝邑心陳知其罪授手于我用敢獻功趙文子曰其辭順犯順不祥乃受之仲尼曰志有之言以足志文以足言鄭入陳非文辭不爲功愼辭哉

春秋左傳宋人享趙文子叔向爲介司馬置折俎禮也仲尼使舉是禮也以爲多文辭

詩傳周成王立年幼不能涖阼周公以冢宰攝政乃述后稷公劉之化作詩以戒謂之豳

風
禮記儒行篇哀公問曰敢問儒行孔子曰遽數之不能終其物悉數之乃留更僕未可終也
易係辭上古結繩而治後世聖人易之以書契百官以治萬民以察蓋取諸夫
易離象曰離麗也日月麗乎天百穀草木麗乎土易係辭易有四象所以示也
杜預左傳序春秋爲例之情有五一曰微而顯二曰志而晦三曰婉而成章四曰盡而不汚五曰懲惡而勸善
易係辭夫易彰往而察來辨物正言斷辭則備矣
書畢命政貴有恒辭尚體要不惟好異
莊子哀公問于顏闔曰吾以仲尼爲楨榦國其有瘳乎曰仲尼方且飾羽而畫從事華辭夫何足以上民

風
禮記儒行篇哀公問曰敢問儒行孔子曰遽
數之不能終其物悉數之乃留更僕未可終
也
易繫辭上古結繩而治後世聖人易之以書
契百官以治萬民以察蓋取諸夬
易彖曰離麗也日月麗乎天百穀草木麗
乎土易繫辭易有四象所以示也
杜預左傳序春秋為例之情有五一曰微而
顯二曰志而晦三曰婉而成章四曰盡而不
汙五曰懲惡而勸善
易繫辭夫易彰往而察來辨物正言斷辭則
備矣
書畢命政貴有恒辭尚體要不惟好異
莊子哀公問乎顏闔曰吾以仲尼為貞幹國
其有瘳乎曰仲尼方且飾羽而畫從事華辭
夫何足以上民

宗經第三

三極彝訓其書言經經也者恒久之至道不刊之鴻教也故象天地效鬼神參物序制人紀洞性靈之奧區極文章之骨髓者也皇世三墳帝代五典重以八索申以九丘歲歷綿曖條流紛糅自夫子刪述而大寶咸耀於是易張十翼書標七觀詩列四始禮正五經春秋五例義既極乎性情辭亦匠於文理故能關學養正昭明有融然而道心惟微聖謨卓絕墻宇重峻而吐納

自深譬萬鈞之洪鐘無錚錚之細響矣易惟談天人神致用故繫稱旨遠辭文言中事隱韋編三絕固哲人之驪淵也書實紀言然覽文如詭而尋理即暢故子夏歎書昭昭若日月之明離離若星辰之行言昭灼也詩主言志義訓同書摛風裁興藻詞譎喻溫柔在誦取附深衷而詁訓茫昧通乎爾雅則文意曉然矣禮記立體弘用據事制範章條纖曲觀辭立曉而訪義方隱春秋則一字見義五石六鷁以詳畧成文雉門

兩觀以先後顯旨其婉章志晦諒以邃矣此聖人之殊致表裏之異體者也至根柢槃深枝葉峻茂辭約而旨豐事近而喻遠是以往者雖舊餘味日新後進追取而非晚前脩文用而未先可謂太山徧雨河潤千里者也故論說辭序則易統其首詔策章奏則書發其源賦頌謌讚則詩立其本銘誄箴祝則禮總其端紀傳銘檄則春秋爲根並窮高以樹表極遠以啓疆所以百家騰躍終入環內者也若稟經以製式酌雅以富言是仰山而鑄銅煑海而爲鹽也故文能宗經體有六義一則情深而不詭二則風清而不雜三則事信而不誕四則義直而不回五則體約而不蕪六則文麗而不淫揚子比雕玉以作器謂五經之含文也夫文以行立行以文傳四教所先符采相濟勵德樹聲莫不師聖而建言脩辭鮮克宗經是以楚艷漢侈流弊不還正末歸本不其懿歟

贊曰

三極彝道訓深稽古致化歸一分教斯五性靈
鎔匠文章奥府淵哉鑠乎羣言之祖校一百四十四字
書序伏羲神農黄帝之書謂之三墳言大道
也少昊顓頊高辛唐虞之書謂之五典言常
道也八卦之說謂之八索求其義也九州之
志謂之九丘丘聚也
易正義十翼孔子所作上彖下彖上象下象
上係下係文言說卦序卦雜卦
尚書大傳孔子云六誓可以觀義五誥可以
觀仁甫刑可以觀誡洪範可以觀度禹貢可
以觀事臯陶可以觀治堯典可以觀美
詩序註關雎者風之始鹿鳴者小雅之始文
王者大雅之始清廟者頌之始
書舜典脩五禮註吉凶軍賓嘉
易係辭其旨遠其辭文其言曲而中其事肆
而隱

史記儒林傳序孔子晚而好易讀之韋編三
絶故爲之傳
西京雜記郭威字子偉茂陵人以爾雅周公
所制余嘗以問揚子雲子雲曰孔子門徒游
夏之儔所記以解釋六藝者也家君以外戚
傳稱史佚教其子以爾雅又記言孔子教魯
哀公學爾雅則爾雅之出遠矣舊傳皆云周
公所記也張仲孝友之類後人所足耳
春秋左傳僖公十六年正月隕石於宋五隕
星也是月六鷁退飛過宋都風也
春秋定公二年五月雉門及兩觀災冬十月
新作雉門及兩觀傳書新作者譏僭王制而
不能革也
春秋公羊傳觸石而出膚寸而合不崇朝而
徧乎天下者惟泰山雲耳
春秋考異郵河者水之氣四瀆之精所以流
化故曰河潤千里　○揚雄法言玉不雕璠
璵不作器言不文典謨不作經

正緯第四

夫神道闡幽天命微顯馬龍出而大易興神龜見而洪範燿故繫辭稱河出圖洛出書聖人則之斯之謂也但世夐文隱好生矯誕真雖存矣僞亦憑焉夫六經彪炳而緯候稠疊孝論昭晳而鉤讖葳蕤按經驗緯其僞有四蓋緯之成經其猶織綜絲麻不雜布帛乃成今經正緯奇倍擿千里其僞一矣經顯聖訓也緯隱神教也聖訓宜廣神教宜約而今緯多於經神理更繁其僞二矣有命自天迺稱符讖而八十一篇皆託於孔子則是堯造綠圖昌制丹書其僞三矣商周以前圖籙頻見春秋之末羣經方備先緯後經體乖織綜其僞四矣僞既倍摘則義異自明經足訓矣緯何豫焉原夫圖籙之見迺昊天休命事以瑞聖義非配經故河不出圖夫子有歎如或可造無勞喟然昔康王河圖陳於東序故知前世符命歷代寶傳仲尼所撰序錄而已於是伎數之士附以詭術或說陰陽或序災異若

烏鳴似語蟲葉成字篇條滋蔓必假孔氏通儒
討覈謂起哀平東序秘寶朱紫亂矣至於光武
之世篤信斯術風化所靡學者比肩沛獻集緯
以通經曹褒撰讖以定禮乖道謬典亦已甚矣
是以桓譚疾其虛僞尹敏戲其深瑕張衡發其
僻謬荀悅明其詭誕四賢博練論之精矣若乃
羲農軒皞之源山瀆鍾律之要白魚赤烏之符
黃金紫玉之瑞事豐奇偉辭富膏腴無益經典
而有助文章是以後來辭人採摭英華平子恐

其迷學奏令禁絕仲豫惜其雜眞未許煨燔前
代配經故詳論焉

贊曰

榮河溫洛是孕圖緯神寶藏用理隱文貴世歷
二漢朱紫騰沸芟夷譎詭糅其雕蔚

校五字

困學紀聞易緯六書緯五詩緯三禮緯三樂緯三春秋緯十四孝經緯二

隋書籍志河圖九篇洛書六篇云自黃帝至周文王所受本文又三十篇云九聖之所增演又七經緯三十六篇幷孔子所作合八十一篇

河圖挺佐輔黃帝至於翠嬀之川鱸魚折溜而至蘭葉朱文以授黃帝名曰綠圖

尚書帝命驗季秋之月甲子赤雀銜丹書於酆集於昌戶其書云敬勝怠者吉怠勝敬者滅

書顧命赤刀大訓弘璧琬琰在西序大玉夷玉天球河圖在東序

漢書昭帝時上林柳樹斷一朝起立生枝葉有虫食其葉成文字曰公孫病已立宣帝本名病已蓋帝將膺大位之徵

漢書哀帝諱欣定陶恭王之子元帝庶孫成帝無嗣召入立

漢書平帝諱衎中山孝王之子哀帝無嗣召入立之在位六年

後漢書光武諱秀長沙定王之後誅莽復漢在位三十三年東觀漢記光武避正殿讀讖坐廡下淺露中風苦咳也

後漢書沛獻王輔光武之子好經書善說京氏易及圖讖作五經論時號之曰沛王通論

後漢書曹褒字叔通魯國薛人歷官侍中肅

宗章和元年上下叔孫通禮儀敕褒條正褒乃依準舊典雜以五經讖記之文次定之

後漢書桓譚字君山沛國相人宋弘薦為議郎給事中時光武信讖多以決定嫌疑譚上疏以巧慧小才伎數之人增益圖書矯稱讖記以欺誤人主宜抑遠之

後漢書尹敏字幼季南陽人歷官諫議大夫上令敏校圖讖敏因其闕文增之曰君無口為漢輔帝見而怪之問其故敏曰臣見前人增損圖書敢不自量竊幸萬一帝深非之

後漢書張衡字平子南陽西鄂人永和初遷侍中衡以劉向父子領校秘書並無讖記成哀之後乃始聞之殆必虛偽之徒要取世資者為之

後漢書荀悅字仲豫潁川人歷官秘書監悅申鑒俗嫌篇云世稱緯書仲尼之作臣叔父爽辨之蓋發其偽也或曰燔諸曰仲尼之作則否有取焉則可曷其燔

史記武王渡河中流白魚躍入王舟中武王俯取以祭既渡有火自上復於下至於王屋流爲烏其色赤其聲魄云

漢書漢武元封六年三月詔朕禮首山崑田出珍物化或爲黄金

雒書王者不藏金玉則紫玉見於深山

尚書中候帝堯即政榮光出河休氣四塞

易乾鑿度帝盛德之應洛水先溫九日乃寒

辯騷第五

自風雅寢聲莫或抽緒奇文鬱起其離騷哉固
已軒翥詩人之後奮飛辭家之前豈去聖之未
遠而楚人之多才乎昔漢武愛騷而淮南作傳
以爲國風好色而不淫小雅怨誹而不亂若離
騷者可謂兼之蟬蛻穢濁之中浮游塵埃之外
皭然涅而不緇雖與日月爭光可也班固以爲
露才揚已忿懟沉江羿澆二姚與左氏不合崑
崙懸圃非經義所載然其文辭麗雅爲詞賦之

宗雖非明哲可謂妙才王逸以爲詩人提耳屈
原婉順離騷之文依經立義駟虬乘鷖則時乘
六龍崑崙流沙則禹貢敷土名儒辭賦莫不擬
其儀表所謂金相玉質百世無匹者也及漢宣
嗟歎以爲皆合經術揚雄諷味亦言體同詩雅
四家舉以方經而孟堅謂不合傳褒貶任聲抑
揚過實可謂鑒而弗精翫而未覈者也將覈其
論必徵言焉故其陳堯舜之耿介稱湯武之祗
敬典誥之體也譏桀紂之猖披傷羿澆之顛隕

規諷之旨也虬龍以喻君子雲蜺以譬讒邪比興之義也每一顧而掩涕歎君門之九重忠怨之辭也觀茲四事同于風雅者也至於託雲龍說迂怪豐隆求宓妃鴆鳥媒娀女詭異之辭也康回傾地夷羿彈日一夫九首土伯三目譎怪之談也依彭咸之遺則從子胥以自適狷狹之志也士女雜坐亂而不分指以爲樂娛酒不廢沉湎日夜舉以爲懽荒淫之意也摘此四事異乎經典者也故論其典誥則如彼語其夸誕則如此固知楚辭者體憲於三代而風雅於戰國乃雅頌之博徒而詞賦之英傑也觀其骨鯁所樹肌膚所附雖取鎔經意亦自鑄偉辭故騷經九章朗麗以哀志九歌九辯綺靡以傷情遠遊天問瓌詭而惠巧招魂大招耀艶而深華卜居標放言之致漁父寄獨往之才故能氣往轢古辭來切今驚采絕艶難與並能矣自九懷以下遽躡其跡而屈宋逸步莫之能追故其敘情怨則鬱伊而易感述離居則愴怏而難懷論山水

則循聲而得貌言節候則披文而見時是以枚賈追風以入麗馬揚沿波而得奇其衣被詞人非一代也故才高者菀其鴻裁中巧者獵其豔辭吟諷者銜其山川童蒙者拾其香草若能憑軾以倚雅頌懸轡以馭楚篇酌奇而不失其貞翫華而不墜其實則顧盼可以驅辭力欬唾可以窮文致亦不復乞靈於長卿假寵於子淵矣

贊曰

不有屈原豈見離騷驚才風逸壯志煙高山川無極情理實勞金相玉式艷溢錙毫

校九字

一卷共校一百六十字

漢書武帝諱徹景帝中子廢栗太子立之在位五十四年

漢書淮南厲王子安好書武帝時來朝獻所作內篇上愛秘之使為離騷傳

後漢書班固字孟堅扶風人顯宗時授蘭臺令史離騷羿淫遊以佚畋兮又好射夫封狐固亂流其鮮終兮浞又貪夫厥家澆身被服強圉兮縱欲殺而不忍日康娛而自忘兮厥首用夫顛隕又云及少康之未家兮留有虞之二姚

春秋左傳伍員曰昔有過澆殺斟灌以伐斟鄩滅夏后相后緡方娠逃出自竇歸于有仍生少康焉澆使椒求之逃奔有虞虞思于是妻之以二姚能布其德以收夏衆使女艾諜澆使季杼誘豷遂滅過戈復禹之績祀夏配天不失舊物

離騷邅吾道夫崑崙兮路脩遠以周流又朝
發軔於蒼梧兮夕余至乎縣圃
後漢書王逸字叔師南郡宜城人順帝時官
侍中著楚辭章句
離騷駟玉虬以乘鷖兮溘埃余風上征
易乾文言時乘六龍以御天
書禹貢崑崙析支渠搜西戎卽叙又東漸於
海西被於流沙
漢書宣帝諱詢史皇孫之子武帝曾孫昭帝
崩無嗣大臣迎立之在位二十五年
漢書揚雄字子雲蜀人歷官黄門大夫著反
騷廣騷畔牢愁
離騷彼堯舜之耿介兮旣遵道而得路何桀
紂之猖披兮夫惟捷徑以窘步又湯禹嚴而
祗敬兮周論道而莫差又飄風屯其相離兮
率雲霓而來御九辯豈不鬱陶而思君兮君
之門以九重
離騷吾令豐隆乘雲兮求宓妃之所在又望

瑤臺之偃蹇兮見有娀之佚女吾令鴆爲媒
兮鴆告余以不好
天問羿焉彃日烏焉解羽又康回馮怒地何
故以東南傾
招魂一夫九首拔木九千些又土伯九首其
角觺觺些參目虎首其身若牛些
離騷雖不周於今之人兮願依彭咸之遺則
九章浮江淮而入海兮從子胥而自適
招魂士女雜坐亂而不分些又娛酒不廢沉
日夜些
漢書枚乘字叔淮陽人景帝時拜弘農都尉
漢書賈誼洛陽人文帝時拜太中大夫絳灌
之屬毀之出爲長沙王傅著惜誓
漢書司馬相如字長卿蜀郡成都人以貲爲
郎後拜文園令
漢書王褒字子淵蜀人宣帝時益州刺史王
襄薦於宣帝歷官諫議大夫著九懷
文心雕龍訓故卷之一終

文心雕龍訓故卷之二

明詩第六

大舜云詩言志歌永言聖謨所析義已明矣是以在心爲志發言爲詩舒文載實其在茲乎詩者持也持人情性三百之蔽義歸無邪持之爲訓有符焉爾人稟七情應物斯感感物吟志莫非自然昔葛天氏樂辭云玄鳥在曲黃帝雲門理不空綺至堯有大唐之歌舜造南風之詩觀其二文辭達而已及大禹成功九序惟歌太康

敗德五子咸怨順美匡惡其來久矣自商暨周雅頌圓備四始彪炳六義環深子夏監絢素之章子貢悟琢磨之句故商賜二子可與言詩自王澤殄竭風人輟采春秋觀志諷誦舊章酬酢以爲賓榮吐納而成身文逮楚國諷怨則離騷爲刺秦皇滅典亦造仙詩漢初四言韋孟首唱匡諫之義繼軌周人孝武愛文柏梁列韻嚴馬之徒屬辭無方至成帝品錄三百餘篇朝章國采亦云周備而辭人遺翰莫見五言所以李陵

班婕妤見疑於後代也按召南行露始肇半章孺子滄浪亦有全曲暇豫優歌遠見春秋邪徑童謠近在成世閱時取證則五言久矣又古詩佳麗或稱枚叔其孤竹一篇則傅毅之詞比采而推兩漢之作乎觀其結體散文直而不野婉轉附物怊悵切情實五言之冠冕也至於張衡怨篇清典可味仙詩緩歌雅有新聲暨建安初五言騰踴文帝陳思縱轡以騁節王徐應劉望路而爭驅並憐風月狎池苑述恩榮叙酣宴慷慨以任氣磊落以使才造懷指事不求纖密之巧驅辭逐貌唯取昭晳之能此其所同也乃正始明道詩雜仙心何晏之徒率多浮淺唯嵇旨清峻阮旨遙深故能標焉若乃應璩百一獨立不懼辭譎義貞亦魏之遺直也晉世羣才稍入輕綺張潘左陸比肩詩衢采縟於正始力柔於建安或析文以為妙或流靡以自妍此其大略也江左篇製溺乎玄風嗤笑徇務之志崇盛亡機之談袁孫已下雖各有雕采而辭趣一揆莫

與爭雄所以景純仙篇挺拔而爲俊矣宋初文詠體有因革莊老告退而山水方滋儷采百字之偶爭價一句之奇情必極貌以寫物辭必窮力而追新此近世之所競也故鋪觀列代而情變之數可監撮舉同異而綱領之要可明矣若夫四言正體雅潤爲本五言流調清麗居宗華實異用唯才所安故平子得其雅叔夜含其潤茂先凝其清景陽振其麗兼善則子建仲宣偏美則太冲公幹然詩有恒裁思無定位隨性適分鮮能通圓若妙識所難其易也將至忽之爲易其難也方來至於三六雜言則出自篇什離合之發則明於圖讖回文所興則道原爲始聯句共韻則栢梁餘製巨細或殊情理同致總歸詩囿故不繁云

贊曰

民生而志詠歌所含興發皇世風流二南神理共契政序相參英華彌縟萬代永耽

周官大司樂奏黃鐘歌大呂舞雲門以祀天神

尚書大傳謌然作大唐之歌
古今樂録舜彈五絃之琴歌南風之詩
書大康以逸豫滅厥德畋於有洛之表十旬弗返后羿因民弗忍距於河厥弟五人御其母以從徯於洛之汭五子咸怨因述大禹之戒作歌
春秋左傳鄭伯享趙孟於垂隴子展子西伯有子産子大叔二子石從趙孟曰七子從君以寵武也請皆賦以卒君貺武亦以觀七子之志
史記始皇三十六年有星墜東郡至地爲石或刻曰始皇死而地分始皇聞之遣御史逐問莫服盡取石旁居人誅之因燔其石始皇不樂使博士爲仙眞人詩令樂人絃歌之
史記韋孟魯國鄒人家彭城爲楚元王傅傅子夷王及孫王戊戊荒淫孟作詩以諷
古文苑武帝元封三年作柏梁臺詔羣臣二千石能爲七言詩者乃得上坐注三輔黄圖

柏梁臺武帝元鼎二年春起此所紀之年不同蓋柏梁建于元鼎二年登臺賦詩乃元封三年也
漢書成帝諱驁字太孫元帝太子在位二十六年
漢書李陵字少卿天漢中爲騎都尉文選陵與蘇武五言詩
漢書孝成班婕妤帝初即位選入後宮始爲少使俄而大幸爲婕妤後趙飛燕之譖求供養太后長信宮文選婕妤怨歌行
詩行露誰謂雀無角何以穿我屋誰謂汝無家何以速我獄
國語晉驪姬通於優優施欲害申生而難里克優施乃飲里克酒而起舞歌曰暇豫之吾吾不如烏烏人皆集於苑已獨集於枯
漢書成帝時童謡邪徑敗良田讒口亂善人桂樹華不實黄雀巢其顚
文選古詩十九首冉冉孤生竹結根太山阿

後漢書傅毅字武仲扶風人肅宗招文學之士以毅爲蘭臺令史

張衡集怨詩猗猗秋蘭植彼中阿有馥其芳有黄其葩

後漢書建安漢獻帝改元

魏志曹丕字子桓受漢禪謚文帝

魏志曹植字子建封陳王謚思

魏志王粲字仲宣高平人歷官侍中

先賢行狀徐幹字偉長北海人除上艾長以疾不行

魏志應瑒字德璉汝南人歷官五官中郎將文學

魏志劉楨字公幹東平人魏武辟爲丞相掾

魏志正始齊王芳改元

魏志何晏字平叔南陽人歷官尚書主選

晉書嵇康字叔夜譙郡銍人拜中散大夫

晉書阮籍字嗣宗尉氏人官步兵校尉

魏氏春秋齊王芳即位曹爽輔政多違法度應璩乃作百一詩以諷序云時謂曹爽曰公今聞周公巍巍之稱安知百慮有一失乎百一之名始此

晉書張華字茂先范陽人歷官司空又張載字孟陽武邑人拜著作郎載弟協字景陽官黄門侍郎

晉書潘岳字安仁中牟人歷官黄門侍郎

晉書左思字太冲齊國人歷官秘書郎

晉書陸機字士衡吳大司馬抗之子入洛爲趙王倫參軍機弟雲字士龍入洛拜浚儀令成都王表爲淸河內史

晉書袁宏字彦伯陽夏人自吏部郎出爲東陽太守

晉書孫綽字興公太原人領著作郎遷廷尉卿文選又有晉孫楚詩然此云江左乃綽也

晉書郭璞字景純聞喜人累遷尚書郎

樂府第七

樂府者聲依永律和聲也鈞天九奏既其上帝葛天八闋爰乃皇時自咸英以降亦無得而論矣至於塗山歌於候人始爲南音有娀謠乎飛燕始爲北聲夏甲歎於東陽東音以發殷整思于西河西音以興音聲推移亦不一槩矣及夫庶婦謳吟土風詩官採言樂盲被律志感絲篁氣變金石是以師曠覘風於盛衰季札鑒微於興廢精之至也夫樂本心術故響浹肌髓先王

愼焉務塞淫濫敷訓胄子必歌九德故能情感七始化動八風自雅聲浸微溺音騰沸秦燔樂經漢初紹復制氏紀其鏗鏘叔孫定其容與於是武德興乎高祖四時廣於孝文雖摹韶夏而頗襲秦舊中和之響闃其不還暨武帝崇禮始立樂府總趙代之音撮齊楚之氣延年以曼聲協律朱馬以騷體製歌桂華雜曲麗而不經赤鴈羣篇靡而非典河間薦雅而罕御故汲黯致譏於天馬也至宣帝雅頌詩效鹿鳴邇及元成

稍廣淫樂正音乖俗其難也如此暨後郊廟惟
雜雅章辭雖典文而律非夔曠至于魏之三祖
氣爽才麗宰割辭調音靡節平觀其北上衆引
秋風列篇或述酣宴或傷羈戍志不出於滔蕩
辭不離於哀思雖三調之正聲實韶夏之鄭曲
也逮於晉世則傅玄曉音創定雅歌以詠祖宗
張華新篇亦充庭萬然杜夔調律音奏舒雅荀
勗改懸聲節哀急故阮咸譏其離聲後人驗其
銅尺和樂精妙固表裏而相資矣故知詩爲樂

心聲爲樂體樂體在聲瞽師務調其器樂心在
詩君子宜正其文好樂無荒晉風所以稱遠伊
其相謔鄭國所以云亡故知季札觀辭不直聽
聲而已若夫豔歌婉變怨志訣絕淫辭在曲正
響焉生然俗聽飛馳職競新異雅詠溫恭必欠
伸魚睨奇辭切至則拊髀雀躍詩聲俱鄭自此
階矣凡樂辭曰詩詩聲曰歌聲來被辭辭繁難
節故陳思稱李延年閑於增損古辭多者則宜
減之明貴約也觀高祖之詠大風孝武之歎來

遲歌童被聲莫敢不恊子建士衡咸有佳篇並無詔伶人故事謝絲管俗稱乖調蓋未思也至於軒岐鼓吹漢世鐃挽雖戎喪殊事而並總入樂府繆襲所致亦有可筭焉昔子政品文詩與歌別故畧具樂篇以標區界

贊曰

八音摛文樹辭爲體謳吟坰野金石雲陛韶響難追鄭聲易啟豈惟觀樂於焉識禮

校六字

史記趙簡子疾不知人居二日半寤曰我之帝所甚樂與百神遊於鈞天廣樂九奏萬舞不類三代之樂其聲動人心

呂氏春秋葛天氏之樂三人投足以歌八闋一載民二玄鳥三遂草木四奮五穀五敬天常六達帝功七依地德八總萬物之極

樂緯黃帝樂曰咸池帝嚳樂曰五英

呂氏春秋禹行功見塗山氏之女禹未之遇而巡省南土女乃令妾候禹於塗山之陽作歌曰候人兮猗始爲南音

呂氏春秋有娀氏二女居九成之臺飲食必以鼓天帝使燕往視之二女覆以玉筐啟視二燕遺二卵而北飛二女作歌曰燕燕往飛始爲北音

呂氏春秋夏孔甲田於東陽萯山民有初乳者孔甲攜其子以歸後斧斫其足乃作破斧之歌始爲東音

呂氏春秋周昭王南征辛餘靡爲右王隕於漢中辛餘靡振王北濟因封之西翟至殷整甲徙宅西河猶思故處實作爲西音

春秋左傳楚師伐鄭晉人聞有楚師師曠曰不害吾驟歌北風又歌南風南風不競多死聲楚必無功於是楚師多凍役徒幾盡

春秋左傳吳公子札來聘請觀於周樂爲之歌周南召南曰美哉始基之矣爲之歌鄭曰美哉其細已甚民弗堪也是其先亡乎自鄶以下無譏焉

漢書禮樂志周詩旣備而其器用張陳周官具焉朝夕習業以教國子皆學歌九德誦六詩習六舞王海黃鐘林鐘太簇爲天地人之始始洗蕤賓南呂應鐘爲四時之始

易緯八節之風謂之八風

漢書漢興樂家有制氏以雅樂聲律世世在太樂官但能紀其鏗鏘鼓舞而不能言其義

漢書高帝時叔孫通奏制宗廟樂太祝迎神於廟門奏嘉至皇帝人廟門奏永至以爲行步之節

漢書高祖廟奏武德文始五行之舞孝文廟奏昭德文始四時五行之舞

漢書武帝立樂府采詩夜誦有趙代秦楚之謳

漢書李延年中山人善歌是時上方興天地諸祠欲造樂令司馬相如朱買臣等作詩頌延年輒承意絃歌之謂之新聲曲而延年女弟李夫人產昌邑王由是貴幸爲協律都尉

漢書高帝姬唐山夫人作安世房中樂歌桂華章都荔遂芳窅窊桂華

漢書武帝太始三年行幸東海獲赤鴈作歌象載瑜章亦鴈集六紛紜是也

漢書河間獻王德景帝栗姬之子武帝時來朝獻雅樂天子下太樂官常存肄之以備數然不常御

漢書武帝元鼎四年馬生渥洼水中作天馬歌汲黯曰王者作樂上以承祖宗下以化兆民今陛下得馬詩以爲歌協於宗廟先帝百姓豈能知其音耶

漢書元帝諱奭宣帝太子在位十六年
魏志曹操爲太祖武皇帝曹丕爲高祖文皇
帝曹叡爲烈祖明皇帝武帝若寒行北上太
行山艱哉何巍巍云云文帝燕歌行秋風蕭
索天氣凉云云明帝月重輪及燕燕歌行
晉書傳玄字休奕北地泥陽人歷官司隸校
尉號音律作鼓吹曲及晉郊祀諸歌張華作
晉四廂樂歌
春秋左傳隱公五年九月考仲子之宮將萬
焉韓詩云萬大舞也
魏志杜夔字公良河南人以知音爲雅樂郎
中夔遠考諸經近采故事備作樂器紹復先
代古樂
晉書荀勗字公曾潁川潁陰人晉武受禪拜
中書監掌樂事脩律呂行於世
晉書阮咸字仲容尉氏人時論勗爲暗解咸
爲神解咸譏勗新律聲高不合中和勗因事
出咸爲始平相後得田父周玉尺勗較已所

理皆短一黍乃服咸之妙一云銅尺
適考武帝時張華荀勗較杜夔所造鍾律不
合乃出御府銅尺銅斛七具較減新尺短夔
尺四分
詩蟋蟀好樂無荒良士瞿瞿
詩溱洧伊其相謔贈之以芍藥
史記高帝十二年擊黥布還過沛留置酒沛
宮酒酣高祖擊筑自爲歌詩曰大風起兮雲
飛揚威加海內兮歸故鄉安得猛士兮守四
方
漢書李夫人卒上思念不已方士少翁能致
其神上益悲感爲作詩曰是耶非耶立而望
之翩何姍姍其來遲
崔豹古今注短簫鐃歌黃帝令岐伯所造也
又云鐃歌鼓吹之一章耳
漢書鐃歌朱鷺等十八曲鞔歌蒿里薤露二
曲
魏志繆襲字熙伯蘭陵人歷官侍中作魏鼓

吹曲

漢書劉向字子政本名更生楚元王之後歷

官諫大夫

吹曲
漢書劉向字子政本名更生楚元王之孫歷
官諫大夫

詮賦第八

詩有六義其二曰賦賦者鋪也鋪采摛文體物寫志也昔召公稱公卿獻詩師箴瞍賦傳云登高能賦可爲大夫詩序則同義傳說則異體總其歸塗實相枝幹劉向云明不歌而頌班固稱古詩之流也至如鄭莊之賦大隧士蔿之賦狐裘結言短韻詞自已作雖合賦體明而未融及靈均唱騷始廣聲貌然賦也者受命於詩人[招][字]於楚辭也於是荀况禮智宋玉風釣爰錫名號與詩畫境六義附庸蔚成大國遂客至以首引極貌以窮文斯蓋別詩之原始命賦之厥初也秦世不文頗有雜賦漢初詞人順流而作陸賈扣其端賈誼振其緒枚馬[同]其風王揚騁其勢皐朔已下品物畢圖繁積於宣時校閱於成世進御之賦千有餘首討其源流信興楚而盛漢矣夫京殿苑獵述行序志並體國經野義尚光大既履端於唱序亦歸餘於總亂序以建言首引情本亂以理篇迭致文契按那之卒章閔

馬稱亂故知殷人輯頌楚人理賦斯並鴻裁之寰域雅文之樞轄也至於草區禽族庶品雜類則觸興致情因變取會擬諸形容則言務纖密象其物宜則理貴側附斯又小制之區畛奇巧之機要也觀夫荀結隱語事數自環宋發巧談實始淫麗枚乘菟園舉要以會新相如上林繁類以成艷賈誼鵩鳥致辨於情理子淵洞簫窮變於聲貌孟堅兩都朗約以雅贍張衡二京迅拔以宏富子雲甘泉構深瑋之風延壽靈光含

飛動之勢凡此十家並辭賦之派也及仲宣靡密發端必遒偉長博通時逢壯采太冲安仁策勳於鴻規士衡子安底績於派制景純綺巧縟理有餘彥伯梗槩情韻不匱亦魏晉之賦首也原夫登高之旨蓋覩物興情情以物興故義以明雅物以情觀故詞必巧麗麗詞雅義符采相勝如組織之品朱紫畫繪之著玄黃文雖新而有質色雖糅而有儀此立賦之大體也然逐末之儔蔑棄其本雖讀千賦愈惑體要遂使繁華

損枝膏腴害骨無貴風軌莫益勸戒此揚子所
以追悔雕蟲貽誚於霧縠者也

贊曰

賦自詩出分枝異派寫物圖貌蔚似雕畫杭滯
必揚言庸無隘風歸麗則辭翦美稗　校八字

國語召康公曰天子聽政使公卿至於列士
獻詩瞽獻典史獻書師箴瞍賦矇誦百工諫
漢書傳曰不歌而誦謂之賦登高能賦可以
爲大夫言感物造端材質深美可與圖政事
故可以爲大夫也
春秋左傳鄭莊公感潁考叔之言與武姜隧
而相見公入而賦大隧之中其樂也融融
春秋左傳晉獻公使士蔿爲申生築蒲夷吾
築屈不愼公讓之士蔿退而賦曰狐裘尨茸
一國三公吾誰適從

離騷名余曰正則兮字余曰靈均
史記荀卿名況趙人爲齊稷下祭酒賦苑卿
禮賦知賦
文選宋玉風賦古文苑玉釣賦玉屈原弟子
仕楚襄王爲大夫
史記陸賈楚人文帝時拜太中大夫賈有孟
春賦賦苑賈誼鵩鳥賦旱雲賦枚乘菟園賦
司馬相如上林賦王褒洞簫賦揚雄甘泉賦
班固兩都賦張衡二京賦
史記枚皐字少孺乘之孽子有皇子生賦衛
皇后立皐奏賦以戒終
國語閔馬父曰昔正考父校商之名頌以那
爲首其輯之亂曰自古在昔先民有作
後漢書王延壽字文考父逸欲作魯靈光殿
賦命壽往圖其狀壽因韻之以獻逸曰吾無
以加也

賦苑王仲宣登樓賦徐偉長西征賦左太中三都賦潘安仁閒居賦陸士衡文賦成公子安嘯賦郭景純南郊賦袁彦伯東征賦

晉書成公綏字子安東郡白馬人張華薦爲太常博士

法言或問吾子少好賦曰然童子雕蟲篆刻俄而曰壯夫不爲也或曰霧縠之組麗曰女工之蠹矣

頌讚第九

四始之至頌居其極頌者容也所以美盛德而述形容也昔帝嚳之世咸墨爲頌以歌九韶自商已下文理允備夫化偃一國謂之風風正四方謂之雅容告神明謂之頌風雅序人事兼變正頌主告神義必純美魯人以公旦次編商人以前王追錄斯乃宗廟之正歌非饗讌之常咏也時邁一篇周公所製哲人之頌規式存焉夫民各有心勿壅惟口晉輿之稱原田魯民之刺

裘鞸直言不詠短辭以諷丘明子高並謀爲誦斯則野誦之變體浸被乎人事矣及三閭橘頌情采芬芳比類寓意又覃及細物矣至於秦政刻文爰頌其德漢之惠景亦有述容沿世並作相繼於時矣若夫子雲之表充國孟堅之序戴侯仲武之美顯宗史岑之述僖后或擬清廟或範坰那雖深淺不同詳畧各異其褒德顯容典章一也至於班傅之北征西逝變爲序引豈不褒過而謬體哉馬融之廣成上林雅而似賦何

弄文而失質乎又崔瑗文學蔡邕樊渠並致美於序而簡約乎篇摯虞品藻頗爲精覈至云雜以風雅而不變旨趣徒張虛論有似黃白之僞說矣及魏晉辨頌鮮有出轍陳思所綴以皇子爲標陸機積篇惟功臣最顯其褒貶雜居固末代之訛體也原夫頌惟典雅辭必清鑠敷寫似賦而不入華侈之區敬慎如銘而異乎規戒之域揄揚以發藻汪洋以樹義雖纖曲巧致與情而變其大體所底如斯而已讚者明也昔虞舜之祀樂正重讚蓋唱發之辭也及益讚于禹伊陟贊于巫咸並颺言以明事嗟歎以助辭也故漢置鴻臚以唱拜爲讚卽古之遺語也至相如屬筆始讚荊軻及班固史書託贊褒貶約文以總錄頌體以論辭又紀傳後評亦同其名而仲治流別謬稱爲述失之遠矣及景純注雅動植讚之義兼美惡亦猶頌之變耳然其爲義事生奬歎所以古來篇體促而不曠必結言於四字之句盤桓乎數韻之辭約舉以盡情昭灼以送

文此其體也發源雖遠而致用蓋寡大抵所歸
其頌家之細條乎

贊曰

容體底頌勳業垂讚鏤彩摛文聲理有爛年積
逾遠音徽如旦降及品物炫辭作翫　校九字

詩傳成王賜魯天子之禮樂以祀周公故有
魯頌詩商頌玄鳥祭祀宗廟之樂而曰天命
玄鳥又曰奄有九有是追叙商王之所由生
以及有天下之初也

詩周頌時邁時邁其邦昊天其子之

春秋左傳晉侯次於城濮楚師背酅而舍晉
侯患之聽輿人之誦曰原田每每舍其舊而
新是謀

孔叢子子順曰先君初相魯魯人謗誦之曰
麛裘而芾投之無戾芾而麛裘投之無郵此
子順述孔子之事非子高也子高孔穿之字

屈原九章橘頌后皇嘉樹橘徠服兮受命不
遷生南國兮

史記秦始皇名政莊襄王子也始皇二十八
年東行郡縣上泰山南登琅邪二十九年登
之罘皆刻石頌德

漢書藝文志李思孝景皇帝頌十五篇

漢書趙充國以功德與霍光等列畫未央宮
成帝時西羌有警上思將帥之臣乃召黃門
郎揚雄即充國圖畫頌之

後漢書竇融字周公扶風人更始時爲張掖
屬國都尉光武八年與大軍會高平封安豐
侯卒謚戴文章派別有班固安豐戴侯頌

後漢書傅毅與班固賈逵典校秘書毅追美
孝明帝功德最盛而廟頌未立乃依淸廟作
顯宗頌十篇

後漢書初王莽末沛國史岑子孝亦以文章
顯莽以爲謁者注云岑一字孝山著出師頌
後漢書平望侯劉毅以和僖鄧太后有德教
請令史官著長樂宮聖德頌文章流別有和
僖鄧皇后頌幷序
詩周頌清廟於穆清廟肅雝顯相
詩魯頌駉駉牡馬在坰之野
古文苑班固從車騎將軍竇憲北征作北征
頌
後漢書馬融字季長扶風人鄧太后臨朝鄧
騭兄弟輔政俗儒以文德可興武功可廢融
以五材之用無或可廢作廣成頌以諷諫廣
成苑名
後漢書崔瑗字子玉駰之子也舉茂才爲汲
令著文學頌
後漢書蔡邕字伯喈陳留圉人歷官議郎京
兆尹樊德雲開渠利民蔡作樊惠渠頌
晉書摯虞字仲治長安人歷官太常卿撰古

文章類聚區分爲三十卷名曰流別集各爲
之論辭理愜當爲世所重
文章流別論揚雄充國頌頌而似雅傅毅顯
宗頌雜以風雅之意馬融之廣成上林純爲
今賦之體而謂之頌
曹子建集皇子生頌
陸士衡集漢高祖功臣頌幷序
樂正重讚見尚書大傳
書益贊於禹曰惟德動天無遠弗屆
書伊陟贊於巫咸作咸乂四篇篇亡
漢書註胡廣曰鴻聲也臚傳也所以傳聲贊
導九賓也
文章緣起司馬相如荆軻贊
梁志郭璞爾雅圖贊二卷璞釋爾雅別爲音
義圖贊

祝盟第十

天地定位祀徧羣神六宗既禋三望咸秩甘雨和風是生黍稷兆民所仰美報興焉犧盛惟馨本於明德祝史陳信資乎文辭昔伊祈始蜡以祭八神其辭云土反其宅水歸其壑昆蟲無作草木歸其澤則上皇祝文爰在茲矣舜之祠田云荷此長耜耕彼南畝四海俱有利民之志頗形於言矣至於商履聖敬日躋玄牡告天以萬方罪己即郊禋之辭也素車禱旱以六事責躬則雩禜之文也及周之太祝掌六祝之辭是以

庶物咸生陳於天地之郊旁作穆穆唱於迎日之拜夙興夜處言於祔廟之祝多福無疆布於少牢之饋宜社類禡莫不有文所以寅虔於神祇嚴恭於宗廟也春秋已下黷祀諂祭祝幣史辭靡神不至至於張老成室致善於歌哭之禱蒯聵臨戰獲佑於筋骨之請雖造次顛沛必於祝矣若夫楚辭招魂可謂祝辭之組纚也漢之羣祀肅其旨禮既總碩儒之儀亦參方士之術

所以祕祝移過異於成湯之心侲子敺疾同乎越巫之祝體失之漸也至如黃帝有祝邪之文東方朔有罵鬼之書於是後之譴呪務於善罵唯陳思誥咎裁以正義矣若乃禮之祭祀事止告饗而中代祭文兼讚言行祭而兼讚蓋引神而作也又漢代山陵哀策流文周喪盛姬內史執策然則策本書贈因哀而爲文也是以義同於誄而文實告神誄首而哀末頌體而祝儀太史所作之讚因周之祝文也凡羣言發華而降

神務實脩辭立誠在於無媿祈禱之式必誠以敬祭奠之楷宜恭且哀此其太較也班固之祀濛山祈禱之誠敬也潘岳之祭庾婦奠祭之恭哀也舉彙而求昭然可鑒矣盟者明也騂毛白馬珠盤玉敦陳辭乎方明之下祝告於神明者也在昔三王詛盟不及時有要誓結言而退周衰屢盟以及要契始之以曹沫終之以毛遂及秦昭盟夷設黃龍之詛漢祖建侯定山河之誓然義存則克終道廢則渝始崇替在人呪何預

焉若夫臧洪歃辭氣截雲蜺劉琨鐵誓精貫霏霜而無補於晉漢反爲仇讎故知信不由衷盟無益也夫盟之大體必序危機奬忠孝共存亡戮心力祈幽靈以取鑒指九天以爲正感激以立誠切至以敷辭此其所同也然非辭之難處辭爲難後之君子宜在般鑒忠信可矣無恃神焉

贊曰

毖祀欽明祝史惟談立誠在肅脩辭必甘季代彌飾絢言朱藍神之來格所貴無慙 校十三字 二卷共校三十五字

書經於六宗傳一四時二寒暑三日四月五星六水旱

春秋左傳僖公三十一年卜郊不從乃免牲猶三望注望祭山川也

尸子湯之救旱也素車白馬布衣身嬰白茅以身爲牲禱曰政不節與民失職與苞苴行與讒夫昌與宮室崇與女謁盛與

春秋左傳龍見而雩注雩旱祭也

春秋左傳雩霜風雨之災則禜之

周禮春官太祝掌六祝之辭以事鬼神曰順祝年祝吉祝化祝瑞祝筴祝

大戴禮祭天辭皇皇上天照臨下土庶物羣生各得其所

尚書大傳迎日辭明光於上下勤施於四方旁作穆穆惟予一人

儀禮少牢饋食曰主人酳尸尸酢主人祝嘏

主人曰皇尸命工祝承致多福無疆於汝孝孫

禮記大子將出征宜於社鄭玄注宜祭名

詩是類是禡傳師祭也類於上帝禡於所征之地陳子昂有禡牙文

禮記趙文子成室晉大夫發焉張老曰美哉輪焉美哉奐焉歌於斯哭於斯聚國族於斯

春秋左傳趙簡子衛鄭師衛太子蒯聵爲右將戰禱曰曾孫蒯聵敢昭告于皇祖文王烈祖康叔文祖襄公鄭勝亂從晉午在難使鞅討之蒯聵不敢自佚備持矛焉敢告無絕筋無折骨以集大事

漢書文帝詔今秘祝移過于下朕甚不取自今除之

文選注大儺選黃門爲侲子冊首皂製逐惡鬼禁中

史記越人勇之言越俗祠皆見鬼數有效昔東甌王敬鬼壽百六十歲武帝令越巫立越

祝祠

古文苑王延壽夢賦序臣弱冠嘗夜夢見鬼物與臣戰臣遂得東方朔與臣作罵鬼之書

曹子建集誥咎文因大風拔木之災乃假上帝之命以誥咎祈福

穆天子傳天子西至於重璧之臺盛姬告病天子哀之於是殤祀而哭內史執策注策所以書贈明之事

潘黃門集爲諸婦祭庾新婦文

春秋左傳瑕禽曰昔平東遷吾七姓從王牲用備具王賴之而賜之騂旄之盟注赤牛也

漢書王陵曰高皇帝刑白馬而盟曰非劉氏而王者天下共擊之

周禮玉府若合諸侯則共珠槃玉敦鄭注敦槃類珠玉以爲飾

國語曹沫魯人也爲魯將三北魯莊公與齊桓公會於柯而盟沫執匕首劫桓公於壇盡歸魯之侵地

史記秦圍邯鄲平原君求救於楚楚議日中不決毛遂按劍歷階而上楚王叱之遂曰王之所以叱遂者以楚國之衆也今十步之內王不得恃其衆也王之命懸於遂手吾君在前叱者何也議定遂謂楚王之左右曰取雞狗馬之血來毛遂奉銅盤而進之楚王曰王當歃血而定從次者吾君次者遂

後漢書秦昭襄時有虎於巴蜀之間傷人昭王募殺虎者邑萬家閬中夷人廖仲射殺之昭王以夷人不欲加封乃刻石盟曰秦犯夷輸黄龍一雙夷犯秦輸清酒一鍾夷人安之

史記高祖功臣侯年表封爵之誓曰使河如帶泰山若礪國以永寧爰及苗裔

後漢書臧洪字子源廣陵人董卓作亂洪說太守張超討卓乃要劉兗州公山孔豫州公緒設壇共盟衆共推洪洪升壇歃血詞氣慷慨人思致節後諸軍莫適先進而食盡衆散

晉書建武元年劉琨與段匹磾期討石勒匹磾推琨爲大都督歃血載書後琨爲匹磾所害

文心雕龍訓故卷之二終

文心雕龍訓故卷之三

銘箴第十一

昔帝軒刻輿几以弼違大禹勒筍簴而招諫成湯盤盂著日新之規武王戶席題必戒之訓周公慎言於金人仲尼革容於欹器則先聖鑒戒其來久矣故銘者名也觀器必也正名審用貴乎盛德蓋臧武仲之論銘也曰天子令德諸侯計功大夫稱伐夏鑄九牧之金鼎周勒肅慎之楛矢令德之事也呂望銘功於昆吾仲山鏤績於庸器計功之義也魏顆紀勲於景鐘孔悝表勤於衛鼎稱伐之類也若乃飛廉有石槨之錫靈公有蒿里之諡銘發幽石吁可怪矣趙靈勒跡於番吾秦昭刻博於華山夸誕示後吁可茂也詳觀衆例銘義見矣至於始皇勒岳政暴而文澤亦有疎通之美焉若班固燕然之勒張昶華陰之碣序亦盛矣蔡邕銘思獨冠古今橋公之鉞吐納典謨朱穆之鼎全成碑文溺所長也至如敬通雜器準矱戒銘而事非其物繁畧違

中崔駰品物讚多戒少李尤積篇義儉辭碎蓍
龜神物而居博奕之中衡斛嘉量而在臼杵之
末曾名品之未暇何事理之能閑哉魏文九寳
器利辭鈍唯張載劒閣其才清采迅足駸駸後
發前至勒銘岷漢得其宜矣箴者所以攻疾防
患喻鍼石也斯文之興盛於三代夏商二箴餘
句頗存及周之辛甲百官箴一篇體義備焉迄
至春秋微而未絶故魏絳諷君於后羿楚子訓
民於在勤戰代已來棄德務功銘辭代興箴文

委絶至楊雄稽古始範虞箴卿尹州牧二十五
篇及崔胡補綴總稱百官指事配位鞶鑑可徵
信所謂追清風於前古攀辛甲於後代者也至
於潘勗符節要而失淺溫嶠侍臣博而患繁王
濟國子引廣事雜潘尼乘輿義正體蕪凡斯繼
作鮮有克衷至於王朗雜箴乃寘巾履得其戒
慎而失其所施觀其約文舉要憲章戒銘而水
火井竈繁辭不已志有偏也夫箴誦於官銘題
於器名目雖異而警戒實同箴全禦過故文資

確切銘兼褒讚故體貴弘潤其取事也必覈以辨其摛文也必簡而深此其大要也然矢言之道蓋闕庸器之制久淪所以箴銘異用罕施□代惟秉文君子宜酌其遠大焉

贊曰

銘實表器箴惟德軌有佩于言無鑒于水秉茲貞厲敬言乎履義典則弘文約爲美　校十三字

皇王大紀帝軒作輿几之箴以警宴安鬻子大禹爲銘於笋簴曰教寡人以道者擊鼓教以義者擊鐘教以事者振鐸語以憂者擊磬

大戴禮師尚父曰臣聞以仁得之以仁守之其量百世以不仁得之以不仁守之必及其世王聞書之言惕若恐懼退而爲戒書於戶爲銘焉于牖爲銘焉凡二十五章

孔子家語孔子觀后稷之廟有金人焉三緘其口而銘其背曰古之慎言人也無多言多言多敗

荀子孔子觀於魯威公之廟有欹器焉問於守者爲宥坐之器虛則欹中則正滿則覆嘆曰烏有滿而不覆者哉

春秋左傳季武子以所得于齊之兵作林鐘而銘魯功焉臧武仲曰非禮也夫銘天子令德諸侯言時計功大夫稱伐今稱伐則下等也計功則借人也言時則妨民多矣何以銘爲

春秋左傳王孫滿對楚子曰昔夏之有德遠方圖物貢金九牧鑄鼎百物而爲之備

國語仲尼曰昔武王克商通道九夷八蠻肅

愼氏貢楛矢先王欲昭其令德之致遠也故
銘其筈曰肅愼氏之楛矢
墨子昔夏后開使飛廉折金於山以鑄鼎
於昆吾蔡邕銘論呂尚作周太師其功銘於
昆吾之鼎
古文苑仲山甫鼎銘註竇憲北征南單于遺
憲古鼎其傍銘曰仲山甫鼎崔駰時爲主簿
因爲之銘
國語昔克潞之後秦來圖敗晉功魏顆以其
身却秦師於輔氏親止杜回其勳銘於景鐘
禮記衛孔悝之鼎銘曰公曰叔舅乃祖莊叔
乃考文叔躬恤衛國夙夜不懈民咸曰休哉
公曰叔舅予女銘若纂乃考服
史記蜚廉爲紂石北方而報得石棺銘曰帝
令處父不與殷亂賜爾石棺以華氏
莊子衛靈公死卜葬於沙丘掘之數仞得石
槨洗而視之有銘焉曰不馮其子靈公奪而
埋之

韓子趙主父令工施鉤梯而緣番吾刻疏人
跡其上廣三尺長五尺而勒之曰主父遊於
此
韓子秦昭王令工施鉤梯而緣華山以松栢
之心爲博箭長八尺棊長八寸而勒之曰昭
王與天神博於此
史記始皇二十八年東行郡縣上泰山立石
封祠祀刻石頌秦德焉而去
文選班固從竇憲北征過燕然山勒銘曰鑠
王師兮征荒裔勦凶虐兮截海外夐其邈兮
亘地界封神丘兮建隆碣熙帝載兮振萬世
古文苑華陰堂闕碑銘張昶爲北地太守段
煨作其首云嶽有五而華處其一瀆有四而
河在其數其靈也至矣蓋合祀河嶽之神也
蔡中郎集橋玄黃鉞銘帝命將軍秉茲黃鉞
威靈振耀如火之烈
蔡中郎集忠文朱公名穆字公叔延禧六年
卒肆其孤用作茲寶鼎銘載休功俾後裔永

用享祀以知其先之德
後漢書馮衍字敬通京兆杜陵人歷官司隸
從事以新陽侯事貶黜古文苑載衍車銘
後漢書崔駰字亭伯涿郡安平人歷官長岑
長古文苑載駰尊銘襪銘
後漢書李尤字伯仁廣漢雒人和帝時拜蘭
臺令文章流別尤自山河都邑至刀筆笄契
無不有銘而文多穢病
典論建安二十四年二月壬午魏太子丕造
寶劍三寶刀三匕首三皆因姿定名其文云
選茲良金命彼國工精而煉之至於百辟恨
不遇薛燭青萍也
晉書張載父收為蜀郡太守載隨父入蜀過
劍閣作銘刺史張敏見而奇之表上其文世
祖遣使鐫石記焉
逸周書文傳解引夏箴云中不容利民乃外
次
呂氏春秋名類篇引商箴云天降災布祥并

有其職
春秋左傳魏絳謂晉侯曰夏訓有之有窮后
羿公曰后羿何如曰昔周辛甲之為太史也
命百官箴王闕虞人之箴曰芒芒禹跡畫為
九州在帝夷羿冒於原獸忘其國恤而思其
麀牡虞箴如是可不懲乎于是晉侯好田故
魏絳及之
春秋左傳欒武子曰楚自克庸以來無日不
討其國人而訓之箴之曰民生在勤勤則不
匱
漢書揚雄自序箴莫大於虞箴故作州箴又
古文苑雄州箴九百官箴十六
古文苑揚雄九箴亡闕後涿郡崔駰及子瑗
臨邑侯劉騊駼增補十六篇胡廣復繼作四
篇總名百官箴
晉書溫嶠為太子太庶子獻侍臣箴畧云不
以賢自盛不以貴為榮思有虞之蒸蒸尊周
文之翼翼屏彼佞諛納此亮直

晉書王濟字武子太原人歷官太僕文辭秀
茂作國子箴
晉書潘尼字正叔中牟人岳從子也歷官著
作郎作乘輿箴以爲王者膺受命之期總萬
機而撫四海簡羣才而審所授孜孜於得人
汲汲於聞過不敢指斥至尊故以乘輿名篇
魏志王朗字景興東海郡人歷官御史大夫
所著奏議論記咸傳於世

誄碑第十一

周世盛德有銘誄之文大夫之才臨喪能誄誄者累也累其德行旌之不朽也夏商已前其詳靡聞周雖有誄未被於士又賤不誄貴幼不誄長在萬乘則稱天以誄之讀誄定謚其節文大矣自魯莊戰乘丘始及於士逮尼父卒哀公作誄觀其憖遺之切嗚呼之歎雖非叡作古式存焉至柳妻之誄惠子則辭哀而韻長矣暨乎漢世承流而作楊雄之誄元后文實煩穢沙麓撮

其要而摯疑成篇安有累德述尊而闊畧四句乎杜篤之誄有譽前代吳誄雖工而他篇頗疎豈以見稱光武而改盻千金哉傅毅所制文體倫序孝山崔瑗辨絜相參觀序如傳辭靡律調固誄之才也潘岳搆意專師孝山巧於序悲易入新切所以隔代相望能徵厥聲者也至如崔駰誄趙劉陶誄黃並得憲章工在簡要陳思叨名而體實繁緩文皇誄末百言自陳其乖甚矣若夫殷臣誄湯追褒玄鳥之祚周史歌文上闡

后稷之烈誄述祖宗蓋詩人之則也至於序述
哀情則觸類而長傅毅之誄北海云白日幽光
雰霧杳冥始序致感遂爲後式景而效者彌取
於功矣詳夫誄之爲制蓋選言錄行傳體而頌
文榮始而哀終論其人也曖乎若可覿道其哀
也悽焉如可傷此其旨也碑者埤也上古帝皇
始號封禪樹石埤岳故曰碑也周穆紀跡于弇
山之石亦石碑之意也又宗廟有碑樹之兩楹
事止麗牲未勒勳績而庸器漸闕故後代用碑

以石代金同乎不朽自廟徂墳猶封墓也自後
漢以來碑碣雲起才鋒所斷莫高蔡邕觀楊賜
之碑骨鯁訓典陳郭二文句無擇言周乎衆碑
莫非清允其敘事也該而要其綴采也雅而澤
清詞轉而不窮巧義出而卓立察其爲才自然
而至孔融所創有慕伯喈張陳兩文辨給足采
亦其亞也及孫綽爲文志在碑誄溫王郗庾辭
多枝雜桓彝一篇最爲辨裁夫屬碑之體資乎
史才其序則傳其文則銘標序盛德必見清風

曹子建集文皇誄至咨遠臣之眇眇兮感凶問以怛驚以下皆自陳之辭
後漢書北海靖王興齊武王伯升子也永平七年薨古文苑載傳毅此誄其文不全亦無白日幽光之語
穆天子傳天子觴西王母於瑤池遂驅升於弇山乃紀蹟於弇山之石而樹之槐眉曰西王母之山
禮記祭義祭之日牽牲入廟門麗於碑孫何亦云碑非文章之名後人假以載其銘耳
後漢書楊賜字伯獻太尉秉之子以通尚書侍靈帝講於華光殿中歷官太尉卒謚文烈蔡中郎集司空文烈侯楊公碑文
後漢書陳寔字仲弓潁川許人除太丘長蔡中郎集陳太丘碑文
後漢書郭太字林宗太原界休人以有道徵不應蔡中郎集郭有道林宗碑文
後漢書孔融字文舉魯國人孔子二十世孫歷官太中大夫所著詩頌碑文凡二十五篇
晉書孫綽字興公太原人歷官著作郎於時文士綽爲其冠溫王郗庾諸公之薨必綽爲碑文然後刊石
晉書桓彝字茂倫譙國龍亢人歷官宣城內史在郡蘇峻反爲其將韓晃所害綽爲碑文

曹子建集文皇誄曰咨遠臣之渺渺兮感凶
諱以怛驚以下皆自陳之辭
後漢書北海靖王興傳興齊武王伯升子也永平
七年薨古文苑載傅毅此誄其文不全亦無
白日幽光之語
穆天子傳天子觴西王母於瑤池遂驅升於
弇山乃紀跡於弇山之石而樹之槐眉曰西
王母之山
禮記祭義祭之日牽牲入廟門麗於碑孫何
亦云碑非文章之名後人假以載其銘耳
後漢書楊賜字伯獻太尉秉之子以通尚書
侍靈帝講於華光殿中歷官太尉卒謚文烈
蔡中郎集司空文烈侯楊公碑文
後漢書陳寔字仲弓潁川許人除太丘長蔡
中郎集陳太丘碑文
後漢書郭太字林宗太原界休人以有道徵
不應蔡中郎集郭有道林宗碑文
後漢書孔融字文舉魯國人孔子二十世孫

歷官大中大夫所著諸碑文凡二十五篇
晉書孫綽字興公太原人歷官著作郎領時
文士綽為其冠溫王郗庾諸公之薨必須綽為
碑文然後刊石
晉書桓彝字茂倫譙國龍亢人歷官宣城內
史在郡蘇峻反為其將韓晃所害綽為碑文

哀弔第十三

賦憲之謚短折曰哀哀者依也悲實依心故曰哀也以辭遣哀蓋下淚之悼故不在黃髮必施夭昏昔三良殉秦百夫莫贖事均夭橫黃鳥賦哀抑亦詩人之哀辭乎暨漢武封禪而霍嬗暴亡帝傷而作詩亦哀辭之類矣及後漢汝陽王亡崔瑗哀辭始變前戒然履突鬼門怪而不辭駕龍乘雲仙而不哀又卒章五言頗似歌謠亦彷彿乎漢武也至於蘇慎張升並述哀文雖發其情華而未極心實建安哀辭惟偉長差善行女一篇時有惻怛及潘岳繼作實踵其美觀其慮善辭變情洞悲苦敘事如傳結言摹詩促節四言鮮有緩句故能義直而文婉體舊而趣新金鹿澤蘭莫之或繼也原夫哀辭大體情主於痛傷而辭窮乎愛惜幼未成德故譽止於察惠弱不勝務故悼加乎膚色隱心而結文則事愜觀文而屬心則體奢奢體爲辭則雖麗不哀必使情往會悲文來引泣乃其貴耳弔者至也詩

云神之弔矣言神至也君子令終定謚事極理哀故賓之慰主以至到爲言也壓溺乖道所以不弔矣又宋水鄭火行人奉辭國災民亡故同弔也及晉築虒臺齊襲燕城史趙蘇秦翻賀爲弔虐民搆敵亦亡之道凡斯之例弔之所設也或驕貴而殞身或狷忿以乖道或有志而無時或美才而兼累追而慰之並名爲弔自賈誼浮湘發憤弔屈體同而事覈辭清而理哀蓋首出之作也及相如之弔二世全爲賦體桓譚以爲其言惻愴讀者歎息及平章要切斷而能悲也（此句疑有誤字）揚雄弔屈思積功寡意深文畧故辭韻沈膇班彪蔡邕並敏於致語然影附賈氏難爲並驅耳胡阮之弔夷齊褒而無間仲宣所制譏呵實工然則胡阮嘉其淸王子傷其隘各志也禰衡之弔平子縟麗而輕淸陸機之弔魏武序巧而文繁降斯以下未有可稱者矣夫弔雖古義而華辭未造華過韻緩則化而爲賦固宜正義以繩理昭德而塞違割析褒貶哀而有正則無

奪倫矣

贊曰

辭定所表在彼弱弄苗而不秀自古斯慟雖有
通才迷方告控千載可傷寓言以送　校九字

春秋左傳秦伯任好卒以子車氏之三子奄
息仲行鍼虎爲殉皆秦之良也國人哀之爲
之賦黃鳥詩交交黃鳥止於棘誰從穆公子
車奄息奄息維此奄息百夫之特臨其穴惴惴其
慄彼蒼者天殲我良人如可贖兮人百其身
漢書霍去病元狩六年薨子嬗嗣嬗字子侯
爲奉車都尉從封太山暴病死漢武帝集嬗
死上甚悼之乃自爲歌詩
後漢書張升字彥真尉氏人以能守外黃令
著賦誄頌碑凡六十篇

曹子建集行女哀辭云三年之中二子頻喪
是子建之幼子也文章流別論建安中文帝
與臨淄侯各失稚子命徐幹劉楨等爲哀辭
是偉長亦有行女篇也
潘黃門集金鹿哀辭金鹿岳之幼子也又爲
任子咸妻作孤女澤蘭哀辭澤蘭子咸之女
也
春秋左傳莊公十一年宋大水公使弔焉曰
天作淫雨害於粢盛如之何不弔
春秋左傳昭公十八年五月宋衛陳鄭皆火
陳不救火許不弔災
春秋左傳游吉相鄭伯如晉賀虎祁也史趙
見子太叔曰甚哉其相蒙也可弔也而又賀
之
戰國策燕易王初立齊宣王因燕喪而攻
之取十城蘇秦爲燕說齊王再拜而賀因仰
而弔曰燕雖弱小秦王之少婿也大王利其
十城而與強秦爲讐是食烏喙之類也齊王

曰舍歸燕之十城
漢書賈誼出爲長沙王傅渡湘水因爲賦以弔屈原
漢書武帝至長楊獵還過宜春宮相如奏賦以哀二世行失顏師古注宜春本秦之離宮胡亥於此爲閻樂所殺故感其處而哀之
漢書楊雄作書往往摭離騷文而反之自岷山投諸江流以弔屈原名曰反騷
蔡中郎集弔屈原文□迥世而遙弔託白水而騰文
魏志阮瑀字元瑜尉氏人爲魏武管記室弔伯夷文余以王事適彼洛師瞻望首陽敬弔伯夷求仁得仁見嘆仲尼没而不朽身滅名飛
後漢書禰衡字正平平原般人弔平子文余今反國命駕言歸路由西鄂追弔平子張衡楚西鄂人陸士衡集弔魏武文悼繐帳之冥冥怨西陵之茫茫登雀台而群悲眝美目其何望

文心雕輯　〈卷之三〉

十四

雜文第十四

智術之子博雅之人藻溢於辭辭盈乎氣苑囿文情故日新殊致宋玉含才頗亦負俗始造對問以申其志放懷寥廓氣實使之及枚乘摛艷首製七發腴辭雲構本麗風駭蓋七竅所發發乎嗜欲始邪末正所以戒膏粱之子也揚雄覃思文閣業深綜述碎文瑣語肇爲連珠其辭雖小而明潤矣凡此三者文章之枝派暇豫之末造也自對問以後東方朔效而廣之名爲客難

託古慰志疎而有辨揚雄解嘲雜以諧謔迴環自釋頗亦爲工班固賓戲含懿采之華崔駰達旨吐典言之裁張衡應間密而兼雅崔寔客譏整而微質蔡邕釋誨體奧而文炳景純客傲情見而采蔚雖迭相祖述然屬篇之高者也至於陳思客問辭高而理疎庾敳客咨意榮而文悴斯類甚衆無所取裁矣原茲文之設迺發憤以表志身挫憑乎道勝時屯寄於情泰莫不淵岳其心麟鳳其采此立本之大要也自七發以下

作者繼踵觀枚氏首唱信獨拔而偉麗矣及傅毅七激會清要之工崔駰七依入博雅之巧張衡七辯結采綿靡崔瑗七厲植義純正陳思七啟取美於宏壯仲宣七釋致辨於事理自桓麟七說以下左思七諷以上枝附影從十有餘家或文麗而義暌或理粹而辭駁觀其大抵所歸莫不高談宮館壯語畋獵窮瑰奇之服饌極蠱媚之聲色甘意搖骨髓艷詞洞魂識雖始之以淫侈而終之以居正然諷一勸百勢不自反子雲所謂先騁鄭衛之聲曲終而奏雅者也唯七

厲叙賢歸以儒道雖文非拔羣而意實卓爾矣自連珠以下擬者間出杜篤賈逵之曹劉珍潘勗之輩欲穿明珠多貫魚目可謂壽陵匍匐非復邯鄲之步里醜捧心不關西施之嚬矣唯士衡運思理新文敏而裁章置句廣於舊篇豈慕朱仲四寸之璫乎夫文小易周思閑可贍足使義明而辭淨事圓而音澤磊磊自轉可稱珠耳詳夫漢來雜文名號多品或典誥誓問或覽畧

篇章或曲操弄引或吟諷謠詠總括其名並歸
雜文之區甄別其義各入討論之域類聚有貫
故不曲述

贊曰

偉矣前脩學堅多飽負文餘力飛靡弄巧枝辭
攢映嘒若參昴慕嚬之心於焉祗攪 校十一字

文選楚襄王問於宋玉曰先生其有遺行與何士民衆庶不譽之甚也宋玉對曰願大王寬其罪使得畢其辭

漢書東方朔上書欲求試用指意放蕩終不見用朔因著論設客難已用位卑以自慰諭

漢書哀帝時丁傅董賢用事諸附離之者或起家至二千石時揚雄方草太玄有以自守泊如也或嘲雄以玄尚白而雄解之號曰解嘲

後漢書班固自以二世才術位不過郎感東方朔揚雄自論以不遭蘇張范蔡之時作賓戲以自通

後漢書崔駰常以典籍為業未遑仕進之事或譏其太玄靜將以後名失實駰擬解嘲作達旨以答

後漢書張衡不樂當世所居之官輒積年不徙自去史職五載復還乃設客問作應間以見其志

後漢書蔡邕閑居玩古不交當世感東方朔客難及揚雄之徒設疑以自通乃斟酌群言韙其是而矯其非作釋誨以戒厲云爾

晉書郭璞好卜筮縉紳多笑之又自以才高位卑乃著客傲

後漢書傅毅以顯宗求賢不篤士多隱處故

作七激以諷

後漢書桓麟字元鳳桓帝初爲議郎文章志麟文十八篇有七說一首

後漢書賈逵字景伯扶風平陵人歷官中郎將

後漢書劉珍字秋孫南陽蔡陽人歷官衛尉著誄頌連珠傳於世

莊子秋水篇且子不聞壽陵餘子之學行於邯鄲與未得國能又失其故行矣直匍匐而歸耳

莊子天運篇西施病心而矉其里里之醜人見而美之歸亦捧心而矉其里之富人堅閉門而不出貧人携妻子而走

列仙傳朱仲者會稽市販珠人魯元公主以七百金從仲求珠仲乃獻四寸珠而去不知所之

諧讔第十五

芮良夫之詩云自有肺腸俾民卒狂夫心險如山口壅若川怨怒之情不一歡謔之言無方昔華元棄甲城者發睅目之謳臧紇喪師國人造侏儒之歌並嗤戲形貌內怨爲俳也又蠶蟹鄙諺貍首淫哇苟可箴戒載于禮典故知諧辭讔言亦無棄矣諧之言皆也辭淺會俗皆悅笑也昔齊威酣樂而淳于說甘酒楚襄讌集而宋玉賦好色意在微諷有足觀者及優旃之諷漆城

優孟之諫葬馬並譎辭飾說抑止昏暴是以子長編史列傳滑稽以其辭雖傾回意歸義正也但本體不雜其流易弊於是東方枚皐餔糟啜醨無所匡正而詆嫚媟弄故其自稱爲賦迺亦俳也見視如倡亦有悔矣至魏大因俳說以著茂書薛綜憑宴會而發嘲調雖抃推席而無益時用矣然而懿文之士未免枉轡潘岳醜婦之屬束晳賣餅之類尤而效之蓋以百數魏晉滑稽盛相驅扇遂乃應瑒之鼻方於盜削卵張華

之形比乎握舂杵曾是莠言有虧德音豈非溺
者之妄笑胥靡之狂歌歟讔者隱也遯辭以隱
意譎譬以指事也昔還楊求拯於楚師喻眢井
而稱麥麴叔儀乞糧於魯人歌佩玉而呼庚癸
伍舉刺荊王以大鳥齊客譏薛公以海魚莊姬
託辭於龍尾臧文謬書於羊裘隱語之用被于
紀傳大者興治濟身其次弼違曉惑蓋意生於
權譎而事出於機急與夫諧辭可相表裏者也
漢世隱書十有八篇歆固編文錄之歌末昔楚

莊齊威性好隱語至東方曼倩尤巧辭述但謬
辭詆戲無益規補自魏代已來頗非俳優而君
子隱□化爲謎語謎也者迴互其辭使昏迷也
或體目文字或圖象品物纖巧以弄忠淺察以
衒辭義欲婉而正辭欲隱而顯荀卿蠶賦已兆
其體至魏文陳思約而密之高貴鄉公博舉品
物雖有小巧用乖遠大夫觀古之爲隱理周要
務豈爲童稚之戲謔搏髀而抃笑哉然文辭之
有諧隱譬九流之有小說蓋稗官所采以廣視

聽若效而不已則髡袒而入室旃孟之石交乎

贊曰

古之嘲隱振危釋憊雖有絲麻無棄菅蒯會義

適時頗益諷誡空戲滑稽德音大壞 三卷共[illegible]四十九字

詩桑柔維彼不順自獨俾臧自有肺腸俾民卒狂詩傳芮伯刺厲王之詩

莊子孔子曰凡人心險於山川難於知天

國語召公曰防民之口甚於防川川壅而潰傷人必多民亦如之

春秋左傳宋華元獲於鄭宋以兵車文馬贖之宋城華元為植城者謳曰睅其目皤其腹棄甲而復于思于思棄甲復來

春秋左傳臧孫紇救鄫敗於狐駘國人誦之曰臧之狐裘敗我於狐駘我君小子侏儒是使侏儒侏儒使我敗於邾

史記齊威王好為長夜之飲置酒後宮召淳于髡賜之酒問曰先生能飲幾何而醉髡曰臣飲一斗亦醉一石亦醉故曰酒極則亂樂極則悲萬事盡然言不可極極之而衰以諷諫焉王曰善乃罷長夜之飲

文選宋玉登徒子好色賦序大夫登徒子侍於楚王短宋玉曰玉為人體貌閑麗口多微辭又性好色願王勿與出入後宮玉曰至於好色臣無有也

史記秦二世欲漆城優旃曰善漆城蕩蕩寇來不可上即欲就之易為功耳顧難為蔭室二世笑之以其故止

史記楚莊王之[illegible]欲以大夫禮葬之[illegible]知大王賤人而貴馬也於是王乃以馬屬大官

漢書[illegible]自言為賦不如相如又言為賦乃[illegible]

非見覗如指自悔類倡也故其賦有詆娸東
方朔文自詆娸其文
吳志薛綜字敬文沛郡竹邑人仕吳守謁者
僕射蜀使張奉來聘綜嘲之曰有犬爲獨無
犬爲蜀橫目勾身虫入其腹
文士傳束晳字廣微漢疎廣之後避難去疎
之足爲束氏魯著餅賦文甚俳諧
春秋左傳越圍吳趙簡子降于喪食使楚隆
于吳吳王曰溺人必笑吾將有問也史黯何
以爲君子
春秋左傳楚子圍蕭還無社號申叔展叔展
曰有麥麴乎曰無曰有山鞠藭乎曰無曰河
魚腹疾奈何曰目於眢井而拯之
春秋左傳哀公會吳子夫差於黄池吳申叔
儀乞糧於公孫有山氏而歌曰佩玉蘂兮余
無所係之旨酒一盛兮余與褐之父睨之有
山氏曰若登首山以呼曰庚癸乎則諾
史記楚莊王即位三年不出號令伍舉曰願

有進隱有鳥在阜三年不蜚不鳴此何鳥也
王曰三年不蜚蜚將冲天三年不鳴鳴將驚
人舉退矣吾知之矣
史記靖郭君將城薛曰毋爲客通齊人有請
見者曰臣請三言而已客趨而進曰海大魚
列女傳楚莊姬上隱語於王曰大魚失水有
龍無尾墻欲内崩而王不視
列女傳臧文仲使於齊齊拘之文仲微使人
遺公書謬其辭曰斂小器置諸台食獵犬組
羊裘琴之合甚思之毋見書而泣曰吾子拘
而有木治矣
史記齊威王之時喜隱
賦苑荀卿蚕賦通篇皆形似之言至末語始
云夫是之謂蚕理

文心雕龍訓故卷之三終